Frédéric Dalous

Mélanges de physiologie, de pathologie et d'hygiène sur la menstruation

Thèse présentée et publiquement soutenue à la Faculté de médecine de Montpellier, le 29 août 1838

Frédéric Dalous

Mélanges de physiologie, de pathologie et d'hygiène sur la menstruation

Thèse présentée et publiquement soutenue à la Faculté de médecine de Montpellier, le 29 août 1838

Réimpression inchangée de l'édition originale de 1838.

1ère édition 2024 | ISBN: 978-3-38509-476-5

Verlag (Éditeur): Outlook Verlag GmbH, Zeilweg 44, 60439 Frankfurt, Deutschland
Vertretungsberechtigt (Représentant autorisé): E. Roepke, Zeilweg 44, 60439 Frankfurt, Deutschland
Druck (Imprimerie): Libri Plureos GmbH, Friedensallee 273, 22763 Hamburg, Deutschland

MÉLANGES

DE PHYSIOLOGIE,

DE PATHOLOGIE ET D'HYGIÈNE

SUR

LA MENSTRUATION.

Thèse

présentée et publiquement soutenue à la Faculté de médecine
de Montpellier, le 29 août 1838,

Par Frédéric Dalous,

DE SAINT-AFRIQUE-DU-CAUSSE (AVEYRON),

POUR OBTENIR LE GRADE DE DOCTEUR EN MÉDECINE.

Mulier propter uterum tota est morbus.
Democr. ad Hipp., de nat. hum.

MONTPELLIER,

J. MARTEL AINÉ, IMPRIMEUR DE LA FACULTÉ DE MEDECINE,
rue de la Préfecture, 10.

1838.

A MON FRÈRE,

Principal du Collége de Saint-Geniez.

Je méconnaîtrais les sentiments de mon cœur, si je ne t'offrais, dans cette occasion, le témoignage de mon inaltérable amitié.

A MA BELLE-SŒUR

ET A MES DEUX NIÈCES.

Puisse ce témoignage public d'affection être un nœud de plus au lien qui nous unit.

A MES TROIS AUTRES FRÈRES.

Tous trois étroitement unis dans cette page, vous l'êtes aussi dans mon cœur.

A ma Tante et à mon Oncle
M. DE LAVALETTE.

Comme une faible preuve de mon respectueux attachement.

A MON ONCLE M. MAGNE, avocat.

Gage de dévouement et de reconnaissance.

F. DALOUS.

Avant-Propos.

Dans tous les temps, l'étude de la femme a eu de grands attraits pour le philosophe et surtout pour le médecin. Quoi de plus digne, en effet, des veilles et des méditations de celui dont l'art n'a d'autre but que le soulagement de l'humanité souffrante; quoi de plus digne, disons-nous, que l'étude de la femme, qui est tant pour nous et qui mérite tant de nous! Elle nous porte dans son sein, nous donne le jour dans la douleur, et nous fait vivre tous les instants de notre existence. Sans elle, en effet, que deviendrait l'enfant au berceau; que deviendrait le vieillard sur le bord de la tombe? L'homme pourrait-il donner ces soins tendres et affectueux qu'exigent l'aurore de la vie et le crépuscule de nos jours? Sans elle surtout, quels seraient nos plaisirs dans le milieu, dans le plus beau temps de notre vie? Sans elle, enfin, quels seraient les liens de la société, ses charmes, son plus bel ornement?..... Si, au milieu de tant de biens dont la femme est pour nous une source féconde, nous voulons examiner ceux dont elle jouit, que trouverons-nous? Quel tableau touchant se déroule ici à nos yeux! Nous voyons assiégé par mille maux cet être tendre, délicat, qui ne semblait être fait que pour les douceurs, les plaisirs, et pour partager avec nous le bonheur qu'il nous procure. A cet aspect touchant, nous n'avons cru pouvoir demeurer indifférent; nous avons voulu, autant qu'il a été en nous, faire quelque chose qui pût diminuer ou alléger les souffrances et les maux qui sont le triste apanage de la plus belle moitié de notre espèce. Jaloux de parvenir à ce but, nous avons dû prendre, pour satisfaire à notre dernier acte probatoire, un point de médecine concernant la femme; et, parmi les nombreux et intéressants sujets de thèse que nous offraient sa physiologie, sa pathologie ou sa prophylactique, la menstruation nous a paru devoir mériter la préférence sous plusieurs rapports, sous celui surtout de la facilité, de la fréquence de ses dérangements, si féconds en résultats fâcheux. En entreprenant de dire quelques mots sur cette fonction, nous avons dû consulter notre inclination plutôt que nos moyens. Si, pour bien faire, il ne fallait que de la bonne volonté, de l'application, des efforts constants, un travail assidu, nous pourrions nous flatter peut-être d'avoir réussi; mais tout cela ne suffit pas: il faut du fond, et la dose qui nous a été répartie est petite; il faut aussi l'habitude d'écrire, et on ne saurait nous en supposer. Ce sujet, pour être traité convenablement, demanderait, sans doute, une plume plus habile et plus exercée que la nôtre. Entraîné par l'intérêt et la beauté des questions qui s'y rattachent, nous ne nous sommes aperçu qu'un peu tard qu'il n'allait pas à notre taille. Trop avancé cependant pour revenir sur nos pas, nous comptons sur l'indulgence de nos Juges, et les prions de nous faire l'application de cet adage :

Si desint vires, tamen est laudanda voluntas.

MÉLANGES

DE PHYSIOLOGIE,

DE PATHOLOGIE ET D'HYGIÈNE

LA MENSTRUATION.

Pour mettre quelque ordre dans notre Dissertation, nous la diviserons en trois parties. Dans la première, après quelques préliminaires sur les principaux phénomènes de la puberté et de la première menstruation, nous entrerons dans quelques considérations physiologiques sur cette fonction ; nous consacrerons la deuxième aux dérangements de la menstruation et aux moyens de les prévenir ; l'âge critique, ses maladies et les soins qu'il réclame feront le sujet de la troisième.

PREMIÈRE PARTIE.

Préliminaires sur les principaux phénomènes de la puberté et de la première menstruation. ——Considérations physiologiques sur cette fonction.

§ Ier. — *Préliminaires sur les principaux phénomènes de la puberté et de la première menstruation.*

Quoique peu distincte du petit garçon, pendant ses premières années, la jeune fille nous présente des phénomènes particuliers assez remarquables, ce nous semble, pour que nous puissions en faire ici une description spéciale. Sa constitution est éminemment fluide, tendre et délicate; sa sensibilité, ses penchants sont facilement mis en jeu; elle exprime de très-bonne heure, avec douceur et finesse, des désirs que le petit garçon rend d'une manière brusque; elle a le goût de la parure et des objets brillants; son intelligence est hâtive, et saisit avec vitesse et même avec exactitude des détails qui échappent à l'enfant de l'autre sexe; elle est plus curieuse et plus rusée que lui; elle parle plutôt, sa voix est plus flexible que la sienne, elle donne déjà de la grâce aux mouvements de ses mains; ses désirs, ses goûts, ses idées et ses actions laissent poindre chaque jour davantage les tendances féminines; elle parcourt sa carrière ascendante avec plus d'ardeur et de vivacité; elle touche plutôt que le

jeune garçon à son perfectionnement; les parties de
son corps plus fluides, moins compactes, se com-
posent avec plus de facilité; l'accroissement, la
menstruation, la gestation, l'enfantement, la lacta-
tion, l'âge critique entraînent des oscillations qui
sont, ce que l'on appelait, les orages et les révolu-
tions de sa vie; et les modifications que subissent
chez elle les sentiments, les actions, les idées, les
changements de ses systèmes muqueux, vasculaire
et nerveux, sont plus accessibles aux sens et plus
vasculaires que dans le sexe opposé (M. Ribes).

Parvenue au terme de son enfance, son étude est
alors d'un plus haut intérêt. A la fin de cette période,
son corps se développe surtout en longueur, les
changements les plus apparents se font dans la vie
physique; alors on voit s'opérer en elle de nombreux changements, s'établir de nouvelles fonctions;
tous les systèmes de son économie prennent un
accroissement rapide, une énergie nouvelle; le
cœur, les poumons et tous les organes qui leur sont
subordonnés revêtent l'empreinte de l'activité, de la
vigueur; le tissu muqueux se gonfle et s'épanouit;
les contours de son corps deviennent moelleux et
élastiques; la consolidation des parties osseuses
s'avance; les seins s'arrondissent et s'élèvent en
formant au devant du thorax des saillies pronon-
cées; les traits de la face prennent des qualités qui
conviennent à son sexe; son larynx acquiert en très-

peu de temps des dimensions considérables; sa voix
mue facilement, mais finit par reprendre ce timbre
aigu qu'elle avait pendant l'enfance; son tempérament se prononce « et prend la nuance sanguine ou
nerveuse (Dugès); » la circulation devient éner-
gique, la respiration ample et forte; le principe de
son existence se multiplie; la jeune fille, enfin, se
sent vivre. Tourmentée par des désirs qui naissent
des besoins et qui lui dévoilent le secret de sa desti-
nation, elle cherche à reconnaître celui qui peut
les satisfaire. Enfin, devenue pubère, elle est éminemment excitable; une impression légère l'agite;
elle est saisie du besoin de s'attacher avec ardeur à
un objet, quel qu'il soit, de s'individualiser dans
un sentiment, une action, une pensée; le vide du
cœur, les désirs vagues, la mélancolie lui font chercher le silence de la solitude, où elle croit retrouver
le calme et la gaîté qu'elle a perdus; quelques larmes
involontaires s'échappent de ses yeux et paraissent
la soulager :

Est quædam flere voluptas.
Ovide.

Elle devient plus timide, plus réservée, et rougit de
partager les amusements du jeune compagnon de son
enfance; elle voudrait l'éviter, et cependant elle
éprouve pour lui des sentiments pleins de tendresse,
parce que son amitié s'est changée en amour; ses
dispositions passionnelles la poussent instinctivement

vers l'homme, auquel elle est portée à s'unir par
ses divers modes aimants; une pensée vague, dont
elle ignore l'origine, lui inspire des chagrins in-
connus : on dirait qu'elle éprouve déjà le sentiment
de la haute mission que la nature est sur le point
de lui confier.

Les organes de la génération, sans influence pendant le premier âge de la vie, presque réduits à une
vie toute privée, prennent tout-à-coup une telle
importance, que Van-Helmont n'hésitait pas, dans
son imagination ardente et ses inspirations en quelque sorte poétiques, à proclamer que ces organes
étaient la seule source des qualités distinctives de
la femme, et de toutes les conditions naturelles ou
physiques qui la font être ce qu'elle est : *Propter
solum uterum,* disait ce célèbre systématique, *mulier
est id quod est.* Cet organe est devenu le siége d'un
écoulement sanguin périodique, dont l'établissement
s'accompagne ordinairement de quelques orages.
L'éruption des règles varie singulièrement par les
circonstances qui la précèdent et l'accompagnent ;
elle se fait quelquefois d'une manière si soudaine et
si facile qu'il n'y a pas le moindre dérangement
fonctionnel, et, pour ainsi dire, à l'insu de la jeune
adolescente ; d'autres fois, le premier écoulement
n'a lieu qu'après de longues douleurs qui troublent
les fonctions. Chez la plupart, en effet, on remarque plusieurs des phénomènes suivants : malaise

général ; lassitude dans les membres, pesanteur et tiraillements aux lombes, aux aines, aux cuisses, vers la région de la matrice ; douleur et sensibilité dans les seins ; turgescence des parties génitales ; céphalalgies gravatives ; chaleur générale incommode, ou frissons suivis de bouffées de chaleur ; insomnie ou sommeil interrompu par des rêves dont la douce erreur dépeint à la jeune fille ce que son cœur désire, l'image des charmes et des jouissances de l'amour ; la face devient animée ; il y a des rougeurs subites et fréquentes, des palpitations de cœur, quelquefois une toux spasmodique. Dans quelques cas, il y a perte d'appétit, nausées, constipation ou diarrhée, mais presque toujours tension incommode dans les lombes, sur le sacrum, à l'épigastre ; tantôt différentes hémorrhagies, comme épistaxis, hématémèse, hémoptysie ; parfois incontinence d'urine, sueurs diminuées ou augmentées. On observe très-fréquemment des coliques, des éruptions cutanées, un état fébrile ; il y a quelques dérangements dans les fonctions digestives ; dégoûts, goûts bizarres ; il y a des ennuis, des langueurs, de la mélancolie, de la paresse, de la répugnance pour tout exercice. Quand il existe une pléthore bien prononcée, on observe les symptômes propres aux hémorrhagies par fluxion générale, frissons, pâleur de la peau ; peu après, pouls dur, fréquent et élevé, chaleur à la peau, soif très-vive : cet état fluxion-

naire cesse instantanément à l'apparition de quelques
gouttes d'une matière séreuse suivie d'un léger flux
sanguin, et le calme renaît aussitôt. Cet écoulement,
après avoir reparu à des époques régulières, pendant
six mois, un an, etc., doit se répéter régulièrement
tous les mois, hors les temps de grossesse et de lac-
tation, depuis l'âge de douze à quatorze ans (puberté),
jusqu'à celui de quarante-cinq à cinquante (ménopause
ou âge critique). Ainsi s'établit la menstruation,
dans le plus grand nombre de cas. Il est des femmes
privilégiées, comme nous l'avons dit, chez lesquelles la première éruption menstruelle n'est point
tumultueuse; d'autres, au contraire, sont tourmentées de maux de tête, de divers symptômes nerveux;
il leur survient de temps en temps des bouffées de
chaleur; le sommeil est troublé par des rêves fatigants. Quelques-unes ont des vertiges, des palpitations et autres phénomènes hystériques, épileptiques;
des mouvements fluxionnaires produisent, dans différentes parties du corps, particulièrement au nez,
aux lèvres, au cou, des tuméfactions plus ou moins
considérables, ou des rougeurs et des efflorescences
cutanées. On doit alors avoir recours aux moyens
que nous fournit la médecine contre un pareil état
de choses. Ainsi, lorsque la première menstruation
est empêchée ou rendue difficile par un éréthisme
sanguin (ce que l'on reconnaît à de fréquentes bouffées de chaleur, à des rougeurs et à des efflores-

cences cutanées, à des agitations, à l'insomnie, à
des éruptions miliaires sur diverses parties du corps,
notamment à la face, à des impatiences lors de la
moindre contrariété, à l'aptitude aux maladies in-
flammatoires, etc.), il faut y remédier par des boissons tempérantes, telles que le petit-lait, l'eau de
veau, les émulsions, par un régime doux et l'absten-
tion de toute cause excitante, physique ou morale.
Si, nonobstant ces moyens, l'agitation générale per-
sistait, il faudrait avoir recours à la saignée : on la
pratiquerait à la saphène pour la rendre révulsive ;
on pourrait encore, afin de diminuer l'excitabilité
de l'utérus, prescrire des bains de siége, l'application des sangsues aux grandes lèvres, des fumigations émollientes, etc. Lorsque les efforts naturels
qui se déclarent pendant la puberté, pour opérer la
menstruation, n'ont point le degré d'action qui leur
est nécessaire, il faut, dans ce cas, relever les forces
avec une alimentation succulente, les amers, les
ferrugineux, les frictions avec la teinture de quinquina, les bains de mer; on peut aussi faire usage
des excitants, comme le camphre, le musc, mais
avec beaucoup de réserve ; les emménagogues, tels
que la rhue, la sabine, l'aloës peuvent encore être
utiles, mais il faut une grande précaution dans leur
emploi. Si la jeune fille est très-nerveuse et tourmentée par des symptômes hystériques, on tàchera
de calmer son extrême sensibilité par des distrac-

tions, l'exercice, les bains tièdes, des boissons adoucissantes, le laitage, etc; si les douleurs sont vives, s'il y a de l'insomnie, on aura recours aux anti-spasmodiques, tels que l'opium, la décoction de pavot ou l'extrait de coquelicot. Mais un point essentiel, c'est d'employer dans le même temps des moyens propres à faire naître le molimen hémorrhagique. Lorsque l'éruption menstruelle est retardée par suite de l'atonie des organes générateurs, le mariage peut être un emménagogue très-efficace, si d'ailleurs la constitution est bonne et le tempérament suffisamment formé : il faut donc le conseiller, pourvu que les convenances le permettent.

Avant de terminer cet article, nous ferons remarquer aux femmes que l'écoulement menstruel dont elles se plaignent, comme d'un assujettissement incommode et dont elles voudraient être affranchies, est pourtant pour elles le signe et la mesure de leur santé; on peut même ajouter, avec Désormeaux, qu'il en est la source. Il est honorable pour elles, puisqu'il est le signe le plus certain et l'assurance la plus authentique de leur fécondité; sans lui, elles manquent de certains attributs du sexe dont elles font partie, de la beauté, par exemple : « Sans cet » écoulement, dit Roussel, la beauté ne naît point » ou s'efface; l'ordre des mouvements vitaux s'altère; » l'âme tombe dans la langueur, et le corps dans le » dépérissement. » « L'écoulement habituel des parties

»génitales, a dit un célèbre physiologiste de cette
» école , dont se plaignent les femmes , comme d'un
» assujettissement honteux, est la marque la plus
» honorable de leur sexe, et semble établir le fonde-
» ment le plus assuré de leurs droits» (Dumas). Il est,
ce nous semble , une différence bien tranchée entre
la femme bien réglée et celle qui l'est mal ou qui
ne l'est pas du tout : la première possède tous les
attributs physiques et moraux qui caractérisent son
sexe; tous ses organes sont entièrement perfection-
nés, achevés; ses fonctions s'exécutent avec aisance
et facilité. L'autre, au contraire, arrêtée dans son
développement, se dessèche et se meurt: pâle , dé-
faite , sans coloris, sans fraîcheur, triste , inquiète ,
paresseuse , elle refuse de se livrer aux exercices
qui lui seraient pourtant si nécessaires ; toutes ses
fonctions languissent; enfin, assiégée de mille maux,
elle végète à peine et nous offre un tableau bien
touchant.

§ II. — *Considérations générales et physiologiques sur la menstruation.*

L'évacuation sanguine par le conduit vulvo-utérin,
qui annonce à la femme son aptitude à la propaga-
tion, et à laquelle elle se trouve généralement assu-
jettie hors les cas de gestation, d'allaitement et de
certains états morbides, d'une manière périodique
et plus ou moins régulière, depuis la puberté jus-

qu'à l'âge de retour, est communément désignée
sous les noms de règles, menstrues, flux menstruel,
lunes, affaires, mois, ordinaires, purgations, maladies, fleurs, etc.

L'hémorrhagie particulière au sexe se faisant par
l'organe destiné à perpétuer l'espèce, elle ne peut
avoir lieu qu'à l'âge où la nature commence à s'occuper de ce grand objet. C'est ordinairement, en
France, de la douzième à la quatorzième année que
cette fonction s'établit. Cette époque n'est cependant
pas la même dans tous les climats, ni pour tous les
individus. Les différences de tempérament, surtout
l'éducation, la manière de vivre, le genre d'occu-
pations, les affections morales, certains effets de
l'habitude sont en général les causes des nombreuses
variétés qu'on remarque à cet égard. La première
apparition des règles est d'autant plus précoce, que
l'on s'avance davantage vers la ligne équinoxiale.
Sous la zone torride, les femmes sont réglées à huit
ou neuf ans, et peuvent, dit-on, concevoir à dater de
ce moment. Les Ethiopiennes, les Egyptiennes, les
Indiennes, les Algériennes sont menstruées, pour la
plupart, dès l'âge de neuf ans et même plus tôt,
comme le prouvent plusieurs exemples remarquables. (Mahomet, au rapport de Prideaux, épousa
Cadisja à cinq ans, et l'admit dans son lit à huit.)
En Espagne, en Italie, les femmes sont nubiles à
douze ans : aussi le droit romain permettait-il de

3

marier les filles à cet âge. Mais, outre que les climats très-chauds avancent la première menstruation,
ils rendent encore le flux menstruel plus abondant.
Les femmes de ces climats, dit encore le savant auteur des hémorrhagies, rendent au moins deux fois
plus de sang par les menstrues que celles des pays
septentrionaux.

La première éruption menstruelle a lieu dans nos
climats tempérés, ainsi que nous l'avons déjà dit, de
douze à quatorze ans : elle est d'autant plus tardive,
qu'on avance vers les contrées septentrionales. Les
filles de la Suède, du Danemark, de la Norwège, de
la Russie, etc., sont à peine réglées de dix-huit à
vingt ans. Aussi, dans ces climats, les menstrues
durent plus long-temps, et la fécondité y est en
général si grande, que les femmes ont rarement
moins de dix à douze enfants. Olaüs et Rudbek assu-
rent même qu'il n'est pas rare d'en trouver qui en
avaient fait jusqu'à trente.

Quoique la menstruation s'établisse presque toujours aux époques que nous venons de désigner, il
est des cas où cette fonction se montre beaucoup
plutôt. Ainsi, Duverney, en 1709, communiqua à
l'Académie des sciences de Paris l'observation d'une
fille de huit jours, qui avait un écoulement de sang
par le conduit vulvo-utérin. On trouve, dans des
auteurs bien dignes de foi, des exemples de petites
filles qui ont été réglées à la naissance, à l'âge d'un,

de deux, de cinq et de sept mois; d'un an, de trois
ans, de cinq ans. Mandelshof a vu aux Indes une
fille qui avait les seins formés à deux ans, et qui,
après avoir été mariée à trois ans, fut mère à cinq.
Toutefois, une menstruation aussi anticipée nous
paraît plutôt l'effet d'une constitution fluxionnaire,
qu'une parfaite similitude avec la menstruation naturelle, c'est-à-dire avec celle qui est la compagne
ordinaire de la fécondité.

Les filles d'un tempérament lymphatique et bilieux
sont plus tardivement et plus difficilement réglées
que celles qui sont sanguines et nerveuses. La première éruption menstruelle paraît en général plutôt
chez les citadines. On voit, en effet, chez elles un
concours de circonstances propres à augmenter leur
susceptibilité et leur excitabilité : inaction ou mouvements faibles des muscles qui languissent sur le
duvet; usage, abus des boisssons spiritueuses même
avant l'adolescence ; fréquentation des spectacles où
l'amour est présenté sous ces formes attrayantes qui
font naître la curiosité et les désirs ; veilles prolongées dans les cercles, les bals; lectures de romans,
de poésies érotiques ; contemplation de tableaux
voluptueux; et surtout ce penchant funeste qui les
porte à des jouissances prématurées et solitaires,
qui tarissent les sources de la vie et finissent par
les jeter dans un abrutissement complet.

Un régime simple et conforme à la nature ; une

éducation simple mais sévère, une vie laborieuse,
l'habitation à la campagne où les femmes partagent
les travaux des hommes, où elles ne connaissent
que fort tard ce que l'on sait dans les villes à un âge
peu avancé, amènent ordinairement, chez les villageoises, une menstruation tardive.

D'abord irrégulier, le flux menstruel se régularise
et se reproduit à peu près tous les mois. Il y a
pourtant des femmes qui sont réglées deux fois dans
le mois, ou du moins trois fois en deux mois, sans
qu'il en résulte pour elles aucune incommodité
notable. En général, lorsque la menstruation s'exé-
cute d'une manière régulière, les retours ont lieu
tous les vingt-huit ou vingt-neuf jours. Chez plusieurs femmes les règles paraissent au moment où
elles s'y attendent le moins, et sans avoir été pré-
cédées d'aucun phénomène ; aucun signe extérieur
ne les annonce ; les périodes sont courtes, faciles
et régulières, chez les personne d'une constitution
forte, d'une bonne santé, qui habitent la campagne,
se fortifient par l'exercice, l'occupation, la sobriété,
l'air pur qu'elles respirent. Chez un grand nombre,
au contraire, l'époque des règles est caractérisée
par des symptômes qui ne les trompent jamais ; les
périodes sont laborieuses, longues, irrégulières,
chez les femmes délicates, qui habitent les grandes
cités, qui sont élevées dans l'opulence, qui négli-
gent de fortifier leur physique pour fatiguer souvent

avec excès leurs facultés morales, qui sacrifient la force à l'adresse, un bonheur durable au plaisir d'un moment, qui s'énervent par une nourriture succulente et les écarts de régime. Aussi la santé est-elle altérée à chaque époque, par un désordre qui devient quelquefois une maladie réelle : les époques menstruelles sont alors signalées par le cercle livide des yeux, les vices de la digestion, le pouls petit; les traits du visage s'altèrent; les urines sont plus animées, quelquefois même brûlantes; les parties sexuelles sont douloureuses et tourmentées par une chaleur incommode; il y a augmentation de sensibilité et de susceptibilité morale; le sommeil est agité, interrompu par des rêves, des lassitudes dans les membres, la douleur des articulations et surtout des genoux; quelques femmes éprouvent des impatiences, des colères, des ennuis; elles sont oppressées; des pleurs involontaires s'échappent de leurs yeux; le ventre est tendu, douloureux; plusieurs sont sujettes pendant leurs règles à des caprices très-singuliers, à des goûts bizarres, à un changement dans leur caractère, qui devient enclin à la tristesse, plus irascible et plus susceptible d'émotions. Elles sont plus faibles, plus délicates, plus impressionnables; tous leurs organes participent plus ou moins à l'affection de l'utérus; et il n'est pas difficile de reconnaître cet état, non-seulement au rhythme du pouls, mais encore à l'altération du visage et au son de la voix. La femme exige alors de grands ménagements.

Le temps que dure cette évacuation est ordinairement, dans nos climats, de quatre à cinq jours: souvent elle s'étend jusqu'au sixième, quelquefois elle finit au bout de vingt-quatre heures. Cela varie suivant le tempérament, l'âge, la manière de vivre, le repos, l'exercice, les passions ou autres accidents semblables. Pour que les femmes se portent bien, il faut que le sang coule pendant quatre ou cinq jours, et que l'écoulement se comporte à peu près de la manière suivante : le premier jour, le flux est peu considérable, séreux, ou même se montre et disparaît alternativement ; le second jour, il est plus abondant, plus coloré ; le troisième jour, un sang rouge-vermeil coule assez abondamment ; le quatrième jour, l'écoulement diminue et se décolore un peu ; vers la fin du cinquième ou sixième jour, il cesse complétement. Mais il s'en faut de beaucoup que la menstruation se comporte toujours de la même manière ; il est, en effet, un grand nombre de femmes qui ne perdent qu'un jour, même moins, tandis que d'autres perdent huit, dix, douze jours sans la plus légère atteinte à leur santé. Nous ne regarderons donc pas, avec Astruc, comme morbide, tout écoulement qui dure moins de deux jours, ou qui dépasse le sixième ; il ne peut être considéré comme tel, que dans les cas où il ne suit pas la marche ordinaire, et que la femme, au lieu de se

sentir allégée, plus forte, éprouve du malaise, un
sentiment de lassitude, de l'agitation ou d'autres
symptômes d'éréthisme.

Dans l'état naturel et lorsque la femme jouit d'une
parfaite santé, le sang des règles, chez elle, ne
diffère point de celui qu'on retirerait de toute autre
partie du corps. Aussi, Hippocrate avait bien raison
de dire, en parlant du sang des règles *Sanguis
autem.... sicut à victimâ,* et il ajoute *si sana fuerit
mulier.* Il est bien évidemment démontré aujourd'hui
que le flux menstruel n'est pas, comme on l'a cru
trop long-temps et trop généralement, une évacuation d'une matière peccante, d'une humeur morbi-
fique, acrimonieuse, dont la rétention est toujours
très-nuisible à la constitution par ses qualités délé-
tères. La découverte de la circulation du sang et
de la nutrition du fœtus ont totalement dévoilé cette
erreur : en effet, on ne conçoit pas comment l'enfant
pourrait vivre dans le sein de sa mère, s'il n'était
alimenté qu'avec une substance inanimée, impure,
corrompue, et comme le rebut de l'économie animale. Mais il ne faudrait point passer d'un extrème
à l'autre, en ne voyant dans l'écoulement des règles
qu'un sang très-pur ; car on peut citer des observations dans lesquelles la blennorrhagie a été l'effet
de la cohabitation pendant la période menstruelle,
avec des femmes exemptes de syphilis. On a vu aussi
quelques personnes, celles surtout qui n'usaient pas

des soins de propreté dans les pays chauds, qui étaient disposées aux scrophules, aux dartres, ou à quelque affection cacochyme, exhaler une odeur *sui generis* pendant la menstruation ; mais ces faits exceptionnels s'offrent rarement, et il est permis de croire que, lorsqu'ils se présentent, l'altération des menstrues tient à leur mélange avec une matière acrimonieuse sécrétée par la membrane muqueuse vaginale, à une idiosyncrasie spéciale, ou bien à une mauvaise composition du sang qui a contracté un caractère particulier dans ses qualités physiques et chimiques. C'est apparemment de là que résultent les qualités malfaisantes que Pinel, Albert-le-Grand, Aristote, Paracelse, de Lamotte, et plusieurs anciens médecins, ont attribuées au sang menstruel. Mais ces opinions exagérées et ridicules ont été réduites à leur juste valeur, et nous croyons que Fourcroy a eu raison de dire à ce sujet : « En séparant ce que » l'opinion des anciens a d'erroné et d'exagéré, » elle présente à l'observateur impartial quelque » chose de vrai qu'il faut approfondir par des expé- » riences exactes, au lieu de nier ce que l'on n'a » pas conçu. »

Il est difficile de fixer la quantité de sang qui s'évacue chaque fois, car elle varie dans chaque sujet, et souvent même à chaque retour dans le même sujet. Le climat influe manifestement sur la durée des règles et sur la quantité de cette évacuation, puisqu'en Afrique leur écoulement est presque continuel, tandis qu'en Laponie il n'a lieu que deux ou trois fois dans l'année. Les auteurs ne sont pas d'accord sur les causes nombreuses qui font varier la quantité de sang fournie par les règles. Hippocrate l'évalue à deux hémines (Freind), à vingt onces (Hoffmann, Van-Swieten, Astruc), de seize à dix-huit (Alphonse Leroy, Roussel), de quatre à huit (De Haën), de deux à trois (Baudeloque); on évalue cette perte, dans nos contrées, de demi once à quatre onces (Dugès). Elle diffère selon les pays et la constitution des personnes; s'il faut en croire les médecins de l'ancienne Grèce, il paraîtrait que les femmes de cette glorieuse nation perdaient de vingt à vingt-quatre onces. Une des causes qui contribue le plus à augmenter la quantité de sang des règles est, sans contredit, l'irritation des parties génitales; aussi on voit les femmes voluptueuses, adonnées à la masturbation, surtout les filles publiques, éprouver des pertes considérables.

Les vaisseaux de la matrice et quelquefois ceux du vagin paraissent être les sources immédiates du sang menstruel. En effet, le calibre des vaisseaux de la matrice, la porosité de sa substance, le passage continuel du sang à travers son tissu spongieux, concourent à favoriser cette évacuation; on a donc lieu de penser que le sang des règles vient de l'utérus. Néanmoins, le conduit vulvo-utérin peut vraisemblablement s'y prêter, comme l'utérus, lorsque certains obstacles, certaines maladies ne lui permettent plus de le fournir (Dumas, *Princip. de phys.*); quoique l'écoulement se fasse presque toujours par le vagin, la matrice peut quelquefois changer la direction de ce flux, le détourner des organes génitaux, et le transporter sur d'autres organes qui n'en ont pas l'habitude. Ainsi, on a vu l'estomac, les mamelles, les narines, les yeux, les doigts, les oreilles, le rectum, l'ombilic, une plaie, l'ulcère d'une partie quelconque, devenir le centre d'une fluxion hémorrhagique ou d'une menstruation supplémentaire. Van-Swieten, Van-der-Wiel, Nauche, Pinel, Latour, etc., rapportent une infinité de ces faits; on l'a vu suinter à travers les pores de la peau sous forme de sueur. (*Ephémérides des cur. de la nature.*) « Toutes les parties du corps peuvent devenir un » émonctoire supplémentaire pour maintenir la santé » de l'individu (Mme. Boivin). » Dans de pareilles circonstances, on ne doit pas chercher à arrêter l'hémorrhagie supplémentaire avant d'avoir rappelé l'écoulement à son siége ordinaire.

Les médecins ont toujours été fort partagés sur la cause du flux périodique. Les péripatéticiens l'attribuaient aux influences de la lune, bien que cette influence ne soit pas démontrable; ils croyaient que la nouvelle lune réglait les jeunes filles, et le décours les femmes âgées : mais il y en a à tout âge et dans

toutes sortes de pays qui ont leurs règles à quelque
quartier que ce soit de la lune. Aristote, Méad,
Werloff, etc., l'ont attribué également aux influences
lunaires; Paracelse, de Graaf, Van-Helmont, Char-
leton, l'ont regardé comme le résultat de certains
ferments, qui s'accumulaient insensiblement pendant
un mois dans les glandes de la matrice, ou plutôt
dans son tissu spongieux. Ces opinions ont été, avec
raison et depuis long-temps, abandonnées. Galien,
Boërhaave, Freind, Hoffmann, Duverney, Senac,
Astruc, Bordeu, etc., attribuaient, avec plus de
raison, la cause du flux menstruel à la pléthore,
soit générale, soit locale; mais en admettant cette
explication on ne fait que reculer la difficulté, car
alors on pourrait demander quelles sont les causes
de cette pléthore. Si ce sentiment avait quelque chose
de fondé, les femmes nerveuses et presque exsangues
ne devraient point être réglées, cependant l'observation nous apprend qu'elles le sont très-abondam-
ment. Il nous paraît donc, dans l'état actuel de nos
connaissances, que la cause de la menstruation n'est
pas plus explicable que la cause première de la vie;
que la cause de cette périodicité se rattache proba-
blement aux lois primordiales qui régissent les actes
vitaux. Ainsi, nous pouvons ajouter avec Maygrier:
« Ne cherchons pas, par de vaines hypothèses, à
nous rendre raison d'un phénomène dont il est bien
plus simple de rapporter l'explication aux lois géné-

rales de la vie. Bornons notre opinion à l'étude des
merveilles opérées par la fonction génératrice ; que
la génération, que la conception et la menstruation
qui les précède, soient des phénomènes admirables;
mais laissons à des esprits vulgaires, enthousiastes
ou prévenus, à vouloir expliquer des opérations que
la nature prépare dans le silence, et sur lesquelles
elle a jeté un voile impénétrable. »

DEUXIÈME PARTIE.

Des dérangements de la menstruation et des moyens de les prévenir.

§ Ier. — *Dérangements de la menstruation.*

Cette intéressante série de phénomènes, dont
l'ensemble constitue la puberté, s'est enfin accom-
plie; la jeune fille, à travers de nombreuses vicissi-
tudes, est parvenue à cette époque brillante qui est
celle de son triomphe, et qu'on peut appeler avec
raison le printemps de sa vie, la saison des plaisirs;
elle est tout ce qu'elle devait devenir, puisqu'elle
peut déjà indiquer le rang qu'elle doit tenir, et
payer son tribut à l'espèce en secondant les vues de
la nature. Elle serait heureuse dans ce moment si
elle pouvait arrêter le cours rapide de ses jours, et
jouir en paix du bonheur que lui procure ce bel
âge ! Mais, a dit Bernardin de Saint-Pierre, « on
ne jette pas l'ancre sur le fleuve de la vie ! » Les

jours s'écoulent avec la rapidité de l'éclair; la jeune adolescente marche à grands pas vers de nouveaux périls, qu'elle trouve dans les dérangements si fréquents et si faciles de la menstruation; ce qui devrait l'engager à être très-prudente pendant ses mois. « Si les femmes voulaient bien, dit Tissot, se persuader combien il leur importe de se ménager dans ces temps critiques, il n'y en aurait pas une qui, dès la première apparition jusqu'au dernier retour, ne se conduisît avec la plus scrupuleuse régularité. » Les dérangements des menstrues sont très-nombreux et très-faciles en mauvais résultats; mais les plus importants à considérer, ceux qui semblent être l'origine de tous les autres, peuvent se réduire à quatre principaux, savoir la disménorrhée (écoulement difficile), l'aménorrhée (suppression de l'écoulement), la ménorrhagie (écoulement immodéré), et enfin les déviations (règles déviées). Forcé de restreindre notre travail, nous ne pouvons que consacrer ici quelques lignes à une très-courte exposition de l'aménorrhée et de la ménorrhagie; puis nous ferons connaître les préceptes hygiéniques, au moyen desquels l'on peut prévenir ces dérangements ou les rendre moins fâcheux.

AMÉNORRHÉE.

D'après son étymologie de *a* privatif, μην, μενος, *mois*, et ρεω, *je coule*, ce mot signifie le défaut de

l'écoulement menstruel, de quelque cause qu'il
dépende. Mme. Boivin et Dugès la définissent
l'absence de tous les phénomènes généraux et locaux
de la menstruation, et l'impuissance de les produire;
MM. Désormeaux et Paul Dubois : l'absence ou la
suppression accidentelle des règles, ou leur diminution. Mais nous ne voulons désigner ici, par le mot
aménorrhée, que leur suppression morbide après
qu'elles ont déjà paru.

Causes. Nous les diviserons en prédisposantes et
en occasionnelles. Les premières dépendent du tempérament sanguin, lymphatique, nerveux, du genre
de vie, d'une constitution molle et détériorée, etc. ;
une menstruation qui a été précoce, difficile, une
nourriture peu substantielle, la misère, les passions
tristes, les chagrins profonds, l'abus des liqueurs
alcooliques, les jouissances vénériennes trop répétées, un état général de faiblesse, ou d'anémie, ou
de chlorose; l'air humide et sombre, l'usage des
boissons acides, le défaut d'exercice, les travaux
forcés, le célibat, et surtout la négligence des préceptes de l'hygiène et de la saine morale, qui doit
assurer à la femme une conduite ferme dans la
carrière orageuse de la vie, semblent y prédisposer.
Les causes dont nous venons de parler peuvent à la
longue devenir occasionnelles. Parmi ces dernières,
on trouve la surprise, la frayeur occasionnée par
un objet dégoûtant, le chagrin qui suit la perte d'un

objet aimé, les contrariétés d'un amour malheureux,
les affections morales qui portent dans l'âme une
impression profonde et durable, un sommeil trop
long et agité par des rêves, une mauvaise nouvelle,
le désespoir, une scène humiliante; l'impression
d'un air froid, l'immersion des pieds et des mains
dans l'eau froide, l'emploi d'un purgatif, d'un émé-
tique, des saignées même qu'on pratiquerait lors
de l'époque menstruelle, seraient susceptibles d'agir
sympathiquement ou d'une manière directe sur
l'utérus et ses dépendances; enfin, mille causes sont
capables d'exciter le système nerveux et d'occa-
sioner le spasme de l'utérus.

Symptômes. Les symptômes de l'aménorrhée
consistent uniquement dans la diminution graduelle
de l'écoulement menstruel ou dans sa suppression
subite; quelquefois, à l'époque où les règles devaient
couler, il se manifeste de la chaleur et de la douleur
dans les régions hypogastrique et lombaire, de la
pesanteur dans le bassin, des douleurs utérines qui
ont le caractère de tranchées, et un gonflement plus
ou moins considérable du ventre et des mamelles;
souvent il y a des dérangements des fonctions digestives, abattement, tristesse, lassitude, paresse, mélancolie, pouls variable, respiration souvent gênée,
céphalalgies, hémorrhagies supplémentaires, etc.;
mais le défaut d'écoulement des règles est le seul
symptôme constant, et seul il caractérise la maladie.

Diagnostic. Il devient obscur toutes les fois que
la suppression arrive peu à peu et sans cause manifeste : dans ce cas, il est difficile de distinguer si elle
est la suite d'une grossesse, ou si elle est causée par
une maladie qu'il faudrait guérir. Il n'existe aucune
difficulté lorsqu'on a affaire à une femme mariée,
car elle est la première à se croire grosse ; cependant
on en trouve fort souvent qui sont assez étourdies
pour n'avoir pas la moindre conscience de leur état.
Mais lorsque le médecin est appelé à donner ses
soins à des filles ou à de jeunes veuves, le cas est
alors très-délicat et exige de la prudence, de la pro-
bité et une fermeté à toute épreuve. Une confiance
outrée serait souvent imprudente ; car il arrive souvent qu'elles ne demandent des remèdes que pour se
débarrasser dans l'ombre d'un fruit qu'elles ont
conçu dans le mystère. Il serait triste pour lui, si,
par imprudence ou par ignorance, il se rendait
complice du crime d'une fille ou d'une jeune veuve
qui cherchent à perdre l'enfant qu'elles portent dans
leur sein ! Le médecin peut encore être trompé par
une coquette qui, voulant conserver des charmes
qui se flétrissent et une jeunesse qui lui échappe,
cherche à prolonger artificiellement une évacuation
dont elle regarde la cessation comme la fin de son
existence.

Pronostic. L'ancienneté de la maladie, les divers
désordres dont elle s'accompagne, la nature de la

cause productrice, et surtout les antécédents font varier le pronostic que l'on doit porter de cette affection. Cette maladie n'est pas bien dangereuse lorsque la suppression est récente, qu'aucune circonstance défavorable n'y a contribué et que la personne est d'ailleurs d'une assez bonne santé ; dans des circonstances opposées, elle le serait davantage.

TRAITEMENT. L'indication principale dans le traitement de l'aménorrhée est d'en combattre la cause essentielle. Lorsqu'elle est symptomatique, le meilleur moyen de la faire cesser est sans contredit de détruire l'irritation qui l'a produite ; mais comme l'absence de cette évacuation augmente toujours l'intensité de l'irritation et les chances défavorables à la cure, et qu'en outre son rétablissement peut devenir la cause de la guérison, il est toujours utile de chercher en même temps à la rétablir. A cet effet, aux moyens propres à guérir l'irritation qui est la cause du désordre, on joint les pédiluves irritants, les sangsues appliquées à la vulve, en petit nombre et tous les mois, aux époques menstruelles ; la vapeur de l'eau chaude ou du vinaigre dirigée vers l'utérus. Ainsi, chez les femmes sanguines, robustes, etc., les débilitants, tels que les saignées de la jambe, du bras, les sangsues aux cuisses, les bains généraux, les bains de siége, etc., rétabliront l'écoulement avec une grande facilité. Pour que l'effet de ces remèdes soit plus sûr, on doit en faire usage à

l'époque où les règles avaient coutume de couler,
ou quelques jours avant. Chez les personnes molles,
lymphatiques, d'une constitution détériorée, si elles
habitent un lieu sombre, froid et humide, si elles
se nourrissent mal, etc., il faudra les fortifier par
une alimentation saine mais stimulante, et par quelques toniques médicamenteux, tels que les amers,
le quinquina, etc.; on ne devra pourtant pas négliger
les bains ni l'application d'un petit nombre de sangsues aux parties génitales, aux cuisses, dont on aura
soin de fermer les piqûres, afin que le sang ne coule
pas après leur chute. Si les malades sont d'un tempérament nerveux, les calmants devront précéder
les autres moyens. On peut alors avoir recours aux
bains tièdes, aux boissons délayantes, à de légers
narcotiques, à quelques anti-spasmodiques, à
l'usage d'aliments doux, de végétaux, de viandes
blanches, etc., à l'abstinence des stimulants de
toute espèce, et quelquefois à une seule saignée du
pied ou du bras. M. Fabre a employé avec succès,
en pareil cas, l'acétate de morphine. On peut aussi
employer avec avantage l'acétate d'ammoniaque à la
dose d'un à deux gros par jour dans de l'eau sucrée.
Quand il n'y a pas d'accident pressant, il est prudent
de ne faire le traitement et de ne le commencer qu'à
l'époque où les règles avaient l'habitude de se mani-
fester. M. le professeur Lallemand fait appliquer
tous les jours, pendant quatre ou cinq jours, trois,

quatre sangsues à la vulve ; après la chute des sangsues, il favorise la fluxion qu'elles ont déterminée
par des fumigations, et en même temps il donne à
l'intérieur des pilules ainsi composées : seigle ergoté
un grain, rhue un grain, aloès un grain, en tout
trois grains par pilule ; il en fait prendre le premier
jour neuf, trois le matin, trois à midi, trois le soir,
le second jour douze, et le troisième quinze ; il continue ce même traitement pendant trois ou quatre
jours ; si les règles ne reparaissent pas, il le suspend
pour le reprendre le mois suivant à la même époque. M. Chrestien emploie le cyanure d'or à la dose
de trois grains dans huit onces d'alcool ordinaire à
20 degrés, à prendre une cuillerée à café le matin
et le soir ; il continue ce traitement pendant plusieurs jours et réussit souvent.

MÉNORRHAGIE.

On appelle *ménorrhagie* le flux immodéré des
règles, et *métrorrhagie* les hémorrhagies de l'utérus
en général. Nous réunissons dans un même article
ces deux hémorrhagies qui ne diffèrent que par
l'époque à laquelle elles surviennent, parce qu'elles
ont le même siége et sont de même nature ; c'est,
en un mot, la même maladie, avec une différence
peu importante dans les circonstances où elle se
manifeste. On reconnaît qu'une hémorrhagie uté-

rine est morbide, si la femme déclare qu'elle a
perdu plus de sang que d'habitude; si en même
temps, au lieu de se sentir allégée et plus forte,
comme il est d'ordinaire après l'écoulement menstruel, elle est faible et éprouve du malaise; enfin,
si cette perte de sang a lieu à une autre époque
que celle du flux menstruel. Elle est aiguë ou
chronique, presque toujours irrégulièrement inter-
mittente, et quelquefois parfaitement périodique.
On a prétendu que la ménorrhagie attaquait seule-
ment les femmes d'un tempérament nervoso-sanguin;
mais, si l'on considère la diversité de constitution
qui s'observe chez les femmes sujettes aux règles
excessives, il sera difficile de croire que la disposition hémorrhagique puisse s'associer exclusive-
ment à aucun des tempéraments décrits par les
physiologistes. Cette disposition spéciale peut co-
exister avec une idiosyncrasie quelconque; et,
suivant M. Lordat, elle est transmissible par voie de
génération, aussi bien que les autres tempéraments.

CAUSES. Une grande irritabilité de l'utérus, l'adolescence, le moyen âge de la femme, une menstruation habituellement abondante, une nourriture trop
succulente, la chaleur atmosphérique, le printemps,
l'usage des chaufferettes, une vie oisive, des désirs
amoureux trop vifs, prédisposent à la ménorrhagie.
Parmi les causes occasionnelles, on place la phleg-
masie chronique de la matrice, l'état de couches,

l'abus du café, des emménagogues, des liqueurs
alcooliques et de tous les stimulants, les émotions
vives de l'àme, les secousses imprimées à l'utérus,
l'abus des injections chaudes, les passions fortes et
instantanées, comme un emportement de colère, une
grande joie, une frayeur, et surtout l'irritation des
parties génitales par des manœuvres imprudentes,
telles que la masturbation, le coït trop souvent
répété.

Symptômes. Les symptômes précurseurs de la ménorrhagie sont ceux des hémorrhagies par fluxion
générale. Ses signes sont une perte beaucoup plus
abondante, plus prolongée que de coutume, accompagnée de faiblesse, de la petitesse du pouls, de la
pâleur de la face, souvent de douleurs lombaires ou
hypogastriques, de démangeaison et chaleur du
vagin et de la matrice, d'essoufflements, de lassitudes, quelquefois même de convulsions. Une foule
de circonstances, telles que l'âge, la constitution,
la manière de vivre, l'état des forces de la femme,
la quantité de sang perdu, etc., font varier le
pronostic de la ménorrhagie. Mais la cause qui
contribue le plus à rendre fâcheux le pronostic de
cette maladie, est la suivante les femmes, par une
honte mal entendue, ne demandent les secours de
l'art qu'à la dernière extrémité.

Traitement. La première indication à remplir
est de placer convenablement la femme dans un lieu

frais et sur un lit dur, le bassin étant un peu élevé ;
s'il existe une fièvre intense, de lui prescrire une
diète sévère, des boissons froides, astringentes,
légèrement acidules, etc. ; on pratiquera des saignées
du bras ; on fera des applications froides sur l'hypo-
gastre, des frictions sur les membres supérieurs,
qu'on fera plonger dans un bain irritant ; on posera
des ventouses aux mamelles, etc. ; en un mot, on
usera de tous les moyens capables d'attirer le sang
vers les parties supérieures. Dans la ménorrhagie
passive, qui succède à celle dont il vient d'être
question, quand l'effusion sanguine est très-copieuse
et opiniâtre, tout comme dans les pertes primitive-
ment passives, il s'agit de relever le ton des organes
par un régime fortifiant, les préparations de quinquina, les martiaux, les amers, etc., et d'opposer
une barrière à l'hémorrhagie au moyen du tam-
ponnement. Si la ménorrhagie s'était développée
sous l'influence de causes morales, et qu'elle fût
accompagnée de douleurs utérines ou lombaires, on
la combattrait par les anti-spasmodiques, le camphre, l'opium, l'assa-fœtida et les divers anti-
fluxionnaires appropriés à la nature de la fluxion.
Les ménorrhagies intermittentes cèdent facilement à
l'usage du sulfate de quinine. (Picqué, Arloing,
MM. Roche, Sauson, etc.)

§ II. *Moyens de prévenir les dérangements de la menstruation.*

Pour donner aux femmes les moyens de prévenir
les dérangements de la menstruation, nous allons
leur exposer d'une manière très-succincte les préceptes de l'hygiène, cette belle partie de la médecine,
qui ne doit jamais être négligée dans le cours de la
vie, et qui leur est principalement utile aux époques
de leurs règles. Nous suivrons pour cela la division
de Boërhaave augmentée par Hallé, et à laquelle
nous ajouterons avec Sanctorius, Bérard et M. le
professeur Colfin, un article sous la dénomination
de *genitalia,* concernant l'acte du mariage et les
autres jouissances vénériennes.

Circumfusa. Les femmes assujéties à des évacuations périodiques qui déterminent dans toute l'économie un état d'irritabilité plus ou moins prononcée,
devront, pendant ce temps, se garantir des passages
brusques du chaud au froid qui pourraient troubler
la régularité de leurs fonctions; elles devront, par
conséquent, pendant le temps de leurs règles,
respirer un air pur et d'une température constante.
Les variations en chaud et en froid sont également
dangereuses; les premières disposent aux ménorrhagies, en relâchant les vaisseaux utérins; les
secondes à l'aménorrhée, en les contractant. Si les
changements brusques de température sont une

source fréquente de maladies pour toutes les personnes, à combien plus forte raison le deviendront-ils pour les femmes à des époques où elles sont si impressionnables? Elles éviteront donc soigneusement les lieux trop chauds, fermés et d'une température variée. Un air un peu chaud et humide conviendra aux femmes pléthoriques, irritables; les faibles se trouveront mieux d'une atmosphère fraîche et vive; on doit aussi leur interdire les odeurs fortes, comme celles de la rose, de la vanille, de la tubéreuse, etc.; l'usage des chaufferettes leur est également nuisible pendant leurs règles.

Applicata. C'est surtout dans l'habillement que les femmes doivent apporter la plus scrupuleuse attention. Leurs vêtements ne devront être ni trop échauffants, ni trop légers; ils doivent entretenir une température constante et commode; surtout qu'ils ne soient pas trop serrés, ils pourraient empêcher le jeu des organes et en déranger les fonctions. La mode a proscrit l'usage pernicieux des corps baleinés; cependant on voit encore des femmes, surtout celles qui sont disposées à avoir de l'embonpoint, se torturer par des corsets étroits avec un courage que la coquetterie seule peut soutenir. Cette compression ne peut être sans dangers sur des viscères qui jouissent d'une grande activité, et dont les fonctions sont si importantes; elle gêne la respiration, dispose aux affections organiques du poumon et

même les détermine ; parfois elle cause la distorsion
de la taille, ainsi que l'avait remarqué Riolan. Les
digestions deviennent pénibles, imparfaites, et jettent
le reste du corps dans la langueur ; des maladies du
foie et la chlorose sont la suite trop commune de
ce funeste abus. Les médecins et les philosophes ont
toujours crié contre lui sans pouvoir le corriger ;
nous ne devons point espérer d'être plus heureux.
« Les filles naissent avec un violent désir de plaire, »
a dit Fénélon étudiant tous les moyens d'y parvenir, elles ont bientôt connu le prix d'une taille
élancée. Pour mieux mériter les suffrages, elles vont
au-delà des intentions de la nature, et portent jusqu'à l'exagération la finesse de leur taille. Un linge
de propreté, surtout lorsqu'il est de toile, lorsqu'il
n'est pas trop fortement appliqué sur la vulve, et
quand on le renouvelle souvent, nous paraît un
moyen à la fois efficace et innocent de prévenir de
nombreux inconvénients. Les femmes qui ont leurs
règles doivent, par des lotions répétées, entretenir
la plus grande propreté des parties sexuelles. Nous
ajouterons que les villageoises commettent de bien
grandes imprudences en marchant nu-pieds et se
mettant dans l'eau à toutes les époques indistincte-
ment.

Ingesta. Les aliments dont la femme fera usage
à l'époque de ses mois doivent être sains, propres
et de facile digestion ; ses repas seront peu copieux,

mais fréquents et réglés ; elle s'interdira les aliments excitants, échauffants, et les boissons fortes, alcooliques. La dépense des forces qu'entraînent leurs exercices exige des aliments qui soient en proportion avec les besoins de la nature et avec l'activité des organes ; mais, en accordant alors une quantité considérable d'aliments, il faut prendre garde d'augmenter l'irritabilité des parties sexuelles par des mets trop épicés et trop succulents. On doit se baser ici sur la constitution des personnes. Les femmes pléthoriques et robustes prendront une nourriture peu substantielle ; l'eau pure ou bien le vin très-étendu d'eau seront leur meilleure boisson ; les femmes faibles , au contraire, useront d'une nourriture succulente et prendront un peu de vin généreux. Les boissons fermentées, convenables quand les viscères perdent de leur énergie, sont nuisibles dans le cas contraire, et doivent être rejetées entièrement, ou prises avec une grande modération. Les fruits peu mûrs , acides, et les boissons à la glace ne peuvent que leur nuire. Elles ne doivent prendre des médicaments pendant la période menstruelle que dans les cas d'une nécessité absolue.

Excreta. Les excrétions ont une grande influence sur la menstruation ; les femmes doivent, par conséquent , y faire plus d'attention qu'elles ne le font ordinairement. Les excrétions des exutoires, celle des urines, la transpiration cutanée , et principalement la sueur des pieds, ne sauraient être dérangées sans que la menstruation le soit aussi. Il est très-important pour les femmes de veiller avec soin à l'entretien normal de toutes les excrétions. Elles ne doivent pas non plus perdre de vue les dangers qu'entraîne la suppression du flux menstruel; plusieurs ignorant les suites de leur imprudence se font un jeu d'arrêter cet écoulement sanguin qu'elles trouvent incommode.

Gesta. Les femmes feront un peu d'exercice pendant la période des règles; des promenades en plein air leur seront très-avantageuses, pourvu qu'elles ne s'exposent pas au froid, ni à la fatigue. L'inactivité et le trop d'exercice sont également à craindre. « L'inaction affaiblit le corps, dit Celse, le travail le « fortifie; la première amène une vieillesse préma- « turée et le second prolonge l'adolescence » les anciens, pénétrés de cette vérité, faisaient de la gymnastique la base de l'éducation nationale. Elles éviteront avec soin les travaux fatigants et les exer-cices qui pourraient imprimer une secousse à l'utérus, comme l'équitation, la danse, etc.; une trop grande assiduité à l'étude leur serait nuisible pendant les règles; un sommeil trop long, mais surtout les veilles trop prolongées, leur seraient également préjudiciables.

Percepta. Les passions et les affections sont né-cessaires à notre existence, elles sont le premier

mobile de toutes nos actions, elles font le charme,
le bonheur et les délices de la vie ; mais leur excès
est à craindre à toutes les époques de notre existence, et surtout pour les femmes dans le temps
des règles ; il peut pervertir l'ordre et la succes-
sion naturelle des mouvements dont la vie dépend.
Dans les passions tristes, dit Roussel, l'âme semble
abandonner le soin du corps pour ne s'occuper que
de l'objet qui l'affecte. N'en voit-on pas tous les jours
les funestes effets? Une forte passion, un excès de
colère, un amour contrarié ou malheureux, un
chagrin profond, une frayeur subite, une nouvelle
inattendue, pendant la période des règles, n'ont-ils
pas eu mille fois pour résultat fâcheux, tantôt des
aménorrhées, tantôt des ménorrhagies, contre lesquelles les secours de l'art ont été, pour ainsi dire,
impuissants, et qui n'ont cédé qu'à la cessation de
la cause! N'a-t-on pas vu aussi de jeunes filles, très-
bien portantes d'ailleurs, et qui donnaient les plus
belles espérances, tomber dans une langueur incu-
rable et végéter à peine le reste de leur vie, pour
s'être effrayées en voyant couler, pour la première
fois, le sang de leurs règles dont elles n'avaient
jamais entendu parler? Les mères prudentes ne doivent pas craindre, ce nous semble, de les avertir à
l'avance de la révolution qui va s'opérer chez elles.
Tout ce qui peut exalter l'imagination, causer des
idées lascives, dépeindre des images trop vives et

trop tendres, devra être scrupuleusement interdit aux femmes qui ont leurs règles.

Genitalia. L'extrême sensibilité dont jouissent les parties génitales de la femme, pendant le temps des règles, rend l'usage du coït pénible et dangereux, non-seulement pour les hommes, mais encore pour elles-mêmes; on devra donc s'en abstenir. L'ébranlement nerveux qui accompagne les plaisirs de l'amour, l'irritation locale qui en est la conséquence, peuvent provoquer les règles à couler avec plus d'abondance, en arrêter subitement le cours, et déterminer dans l'utérus, qui est déjà excité par le seul fait de la menstruation, une sur-excitation morbide plus ou moins fâcheuse. Le mariage sera utile aux jeunes filles dont la menstruation est difficile ou tardive : l'expérience a prouvé l'efficacité de ce moyen. Bien souvent un premier transport amoureux a suffi pour faire cesser une langueur qui avait résisté à tous les autres moyens, et amener une menstruation facile et régulière. Nous ne saurions ici passer sous silence la pernicieuse habitude de l'onanisme, qui non-seulement à l'époque des règles, mais dans tous les temps de leur vie, fait malheureusement trop de victimes. Que de jeunes filles sont condamnées à traîner une chétive et malheureuse existence, pour avoir voulu arracher de leurs organes des jouissances empoisonnées, tout-à-fait contraires au bon sens, et que réprouvent la religion et la

morale ! « Puisse mon pinceau, s'écrie de Blainville,
« être assez expressif, et mes couleurs assez natu-
« relles, pour inspirer toute l'horreur qu'on doit
« avoir d'un pareil vice ! »

TROISIÈME PARTIE.

Des phénomènes de l'âge critique, de ses accidents, et des soins qu'il réclame.

§ Ier. *Phénomènes de l'âge critique.*

En poursuivant plus loin l'étude des diverses périodes de la vie de la femme, nous aurons des preuves
de plus en plus convaincantes que la vie n'est qu'une
longue série de peines, de maux et de dangers. Ce
n'est qu'au milieu des orages qu'elle a franchi le
passage de l'enfance à la puberté, et qu'elle est
parvenue à cet âge qui semblait lui promettre le
bonheur et les plaisirs. Mais elle n'a pu en jouir
paisiblement : la menstruation, ses dérangements et
ses anomalies, la grossesse et ses incommodités,
l'accouchement, ses dangers et ses suites, ont suc-
cessivement troublé, anéanti même ce bonheur. Où
trouvera-t-elle, enfin, le terme de ses maux ? Sera-
ce à la cessation de cette fonction qui en est la
principale cause ? Mais non, la fécondité s'est mani-
festée chez elle au milieu des orages, elle doit cesser
de même ; et ce n'est pas tout-à-fait sans raison qu'on

appelle âge critique, ou l'enfer des femmes, l'époque où elles perdent la précieuse prérogative de la reproduction.

L'âge critique, c'est-à-dire l'époque de la ménopause ou de la cessation des règles, arrive pour l'ordinaire, dans nos climats, de 45 à 50 ans ; on a vu cependant des exemples d'anticipation et de retard de cet âge. La cessation des règles est sujette aux mêmes variations que leur première apparition ; ainsi, on voit des femmes qui perdent la faculté de se reproduire à l'âge de 34, 36, 40 ans ; tout comme on en cite d'autres chez lesquelles la menstruation s'est maintenue au-delà de la 55e et même 60e année.

Il est rare que le flux menstruel cesse d'une manière brusque et subite ; cette cessation s'opère presque toujours avec lenteur, et s'annonce quelques mois, souvent même quelques années à l'avance, par divers phénomènes. Les plus ordinaires sont : un peu de malaise, des engourdissements dans les jambes, des tiraillements vers la région de l'utérus, des vertiges, des céphalalgies et des maux d'estomac à l'époque des règles ; à cela se joignent de légères anomalies dans la menstruation, relativement à ses retours, à sa durée, à son abondance. Ainsi, tantôt cette évacuation se manifeste à des intervalles plus rapprochés que de coutume, en moindre ou en plus grande quantité ; tantôt elle ne vient qu'à des distances très-éloignées, et souvent après avoir paru tout-à-fait supprimée. Chez quelques femmes, il survient des pertes blanches et un sentiment de pesanteur dans l'abdomen; chez toutes, le flux, avant de disparaître complétement, devient moins coloré.

Quelquefois les organes de la génération sont encore, après la cessation des règles, à des époques plus ou moins éloignées, le centre d'un mouvement fluxionnaire qui détermine une pléthore locale.

Plusieurs femmes n'éprouvent aucune altération dans leur santé à l'âge critique; quelques-unes semblent même prendre une nouvelle vigueur : on voit, en effet, des femmes d'une complexion frêle et délicate, ou singulièrement affaiblies par les évacuations sanguines, changer rapidement de constitution, devenir fortes, vigoureuses et se trouver très-bien de la cessation des menstrues; débarrassées d'une fonction alors complétement inutile, plusieurs d'entre elles paraissent, pour ainsi dire, renaître et jouir d'une nouvelle existence. C'est ainsi que la tranquille et laborieuse paysanne, passe, pour ainsi dire, sans s'en douter, cette époque, qui, comme le dit Petit-Radel, « rend inabordable aux femmes le port de la vieillesse », et jouit ensuite d'une vie exempte d'orages. Chez certaines, un embonpoint agréable, des couleurs brillantes remplacent les langueurs, les tourments, tous les maux, enfin, que leur faisait ressentir une menstruation quelquefois irrégulière et douloureuse. Mais malheureusement

toutes ne jouissent pas d'une aussi bonne fortune ;
chez le plus grand nombre : beauté , grâces , sédui-
sante tournure , formes agréables , contours déli-
cieux, physionomie ravissante , pouvoir de conquérir
les cœurs, tout disparait sans retour , et cette perte
ne va point sans soupirs , sans regrets ; dès-lors le
moral change et prend aussi part à cette révolution ;
les soins de la toilette et l'empressement de voler au
sein des plaisirs, au bal, à la promenade , font place
à de nouvelles passions , parmi lesquelles on peut
signaler la dévotion, moyen puissant qui rappelle le
passé comme une illusion, et présente l'avenir comme
une source de bonheur, en promettant une autre vie
plus heureuse.

§ II. *Maladies de l'âge critique.*

Ces maladies peuvent être divisées en idiopathi-
ques et sympathiques. Nous entendons par idiopa-
thiques, celles qui affectent l'utérus ou ses annexes ;
et sympathiques , celles qui attaquent d'autres organes, par suite de la fâcheuse influence qu'exerce
chez eux la cessation du flux menstruel.

Les premières sont : une pléthore locale , des
hémorrhagies utérines, la métrite aiguë ou chronique, la leucorrhée, des ulcérations, le squirrhe,
le cancer, des polypes, des kystes, l'hydrométrie,
l'hydropisie des ovaires, etc.

Les secondes sont : des hémorrhoïdes, des érysi-

7

pèles, des dartres, des éruptions pustuleuses, des
phlegmons, des furoncles, des tumeurs rhumatis-
males, goutteuses, scrophuleuses, l'hystérie, etc.
Mais les femmes qui ont le plus à craindre l'âge de
retour, sont celles qui ont vécu dans la mollesse,
dont la sensibilité en général, et plus spécialement
celle de l'utérus, a été excitée et exaltée de mille
manières; ce sont les femmes qui se sont livrées au
libertinage, ou celles encore qui, trompant le vœu
de la nature, ont vécu dans une continence qu'elle
réprouve; ce sont les femmes qui n'ont jamais été
mères, ou dont les menstrues ont subi de fréquents
dérangements. Il est constant que les femmes de la
campagne sont beaucoup moins exposées aux dangers de l'âge critique que les citadines.

§ III. *Soins que l'âge critique réclame.*

Dès que la femme a lieu de croire qu'elle commence à se déranger et qu'elle entrevoit le moment
où elle a assez vécu pour l'espèce et n'a à vivre
que pour elle, suivant les expressions de Jallon,
elle doit, si elle est sage, veiller à sa santé avec
plus de précaution, rompre ses habitudes nuisibles
pour en contracter de plus salutaires, s'adresser
à un médecin instruit qui lui tracera la conduite à
tenir dans cette époque de la vie; elle doit s'en-
tourer de tous les secours, de toutes les précautions
nécessaires, et ne s'écarter en rien des lois de l'hy-

giène. Les moyens que l'on doit employer alors,
très-simples pour la plupart, sont par cela même le
plus souvent négligés. C'est ainsi que souvent on
voit des femmes préférer quelques médicaments
nuisibles et insignifiants, à des promenades du matin
dans la belle saison, ou de la journée dans les beaux
jours de l'hiver, qui leur seraient incomparablement
plus salutaires. Mais rien ne peut les faire sortir de
cet état d'oisiveté dans lequel une éducation vicieuse
les a plongées : le travail le plus excessif n'est pas
si à craindre qu'une oisiveté absolue. Les femmes
qui sont sur le point de perdre, doivent éviter les
grandes assemblées, les chambres trop chaudes et
où l'air n'est pas suffisamment renouvelé, les veilles
prolongées et surtout les soirées consacrées à la
danse et au jeu ; elles doivent se couvrir modérément, mais suffisamment, et se garder des vêtements
trop serrés ; le simple froissement d'un sein peut,
à cette époque, être suivi d'une affection cancéreuse
de cet organe. Il n'est pas d'habitude plus préjudi-
ciable aux femmes qui sont arrivées à l'âge critique,
que celle de s'exposer, la poitrine et les bras décou-
verts, à l'action d'un air froid et humide ; il leur
convient aussi d'éviter les lits trop chauds et trop
mous, qui ont l'inconvénient d'éveiller les sens et
d'inviter à des plaisirs dont les femmes doivent être
très-sobres à l'époque dont il est ici question. Le
régime alimentaire doit être doux et rafraîchissant ;

l'abstinence des aliments qui passent pour exciter aux plaisirs de l'amour est surtout de rigueur. Les femmes qui font un usage habituel des aliments et des boissons les plus excitantes, des mets épicés, des vins généreux, des liqueurs alcooliques et surtout du café à l'eau, doivent s'attendre à des orages quand vient l'époque du retour. Plusieurs médecins ont avancé que les leucorrhées et les maladies de l'utérus sont devenues beaucoup plus nombreuses depuis que l'usage du café a pris une si grande extension chez les femmes des villes.

On ne saurait trop recommander l'exercice aux femmes qui atteignent leur âge critique ; mais cet exercice doit surtout avoir lieu dans les intervalles des époques menstruelles, ou de celles qui leur correspondent après la cessation définitive des règles ; jamais cependant il ne doit être porté jusqu'à la fatigue. Le repos de l'âme est aussi nécessaire aux femmes qui perdent, que l'exercice modéré du corps. Il n'est pas d'époque dans la vie où les passions tristes, comme le chagrin, l'ennui, etc., puissent avoir des conséquences plus funestes ; elles doivent s'abstenir, sinon des plaisirs, au moins des excès vénériens.

Les femmes pléthoriques, pour prévenir un grand nombre d'accidents, doivent recourir à de petites saignées, surtout quand elles en ont contracté l'habitude depuis long-temps, ou qu'elles éprouvent des écoulements très-forts : l'omission de cette évacuation serait nuisible. On les pratiquera aux bras plutôt qu'aux jambes, comme le conseillait Petit-Radel, parce que le sang se porte particulièrement alors vers les parties supérieures, ainsi que le prouvent les maux de tête plus ou moins violents, les rougeurs et les efflorescences du visage, les hémorrhagies nasales chez plusieurs femmes. Celles qui sont lymphatiques, chez qui on observe souvent des rhumatismes, des écoulements chroniques, etc., doivent se bien nourrir, employer les toniques légèrement astringents, recourir quelquefois aux révulsifs et aux dérivatifs soit à l'intérieur, soit à l'extérieur ; les nerveuses joindront à leur régime ordinaire l'usage de quelques calmants, des bains ; celles, enfin, qui ont eu pendant leur enfance des scrophules, des rhumatismes, des éruptions cutanées, des dartres, la teigne, etc., tâcheront de prévenir le retour de ces affections par des vésicatoires, des cautères, de doux purgatifs, etc., etc. ; toutes, enfin, en se livrant à une thérapeutique de précaution, souvent sans nécessité et presque toujours sans indication, doivent être fort circonspectes dans l'usage des drogues et traitements à la mode ; elles ne doivent point consulter les commères ni suivre leurs avis, car alors elles ne manquent jamais d'aggraver leurs maladies, et tombent ainsi, par leur faute, dans des maux qui les mènent au milieu de la douleur et plus ou moins rapidement au tombeau.

QUESTIONS TIRÉES AU SORT.

SCIENCES ACCESSOIRES.

*Peut-on reconnaître des taches de sang lorsqu'elles
datent de plusieurs mois ou de plusieurs années.*

Le sang se coagule et constitue des taches dont la
nature peut être reconnue long-temps après, au
moyen des réactifs chimiques. Ces taches présentent
des formes et un aspect différents, selon leur étendue,
leur diamètre et selon les corps sur lesquels elles ont
été faites. Ainsi les parties d'une étoffe tachées de
sang sont d'une couleur rouge-brun, et la tache est
généralement limitée dans son pourtour; cette couleur est plus claire et plus diffuse si l'étoffe a été seu-
lement imbibée. Lorsque du sang s'est desséché sur
une lame d'acier ou de fer, la tache est d'une couleur brun-foncé, ou d'un rouge-clair, selon que le
sang est en plus ou moins grande quantité; ces
taches peuvent être au premier abord confondues
avec celles fournies par le jus du citron ou la rouille.
Pour distinguer les taches du sang on a recours à la
macération dans l'eau, afin de dissoudre la matière
déposée sur l'étoffe ou sur l'instrument taché. Après

une demi - heure ou ou une heure de macération
opérée dans un repos complet, on aperçoit des
stries longitudinales de matière colorante rouge,
qui s'étendent de la tache au fond du vase, et qui
viennent s'y déposer en formant un dépôt coloré en
rouge ; tandis que l'instrument ou l'étoffe présentent, si la tache a assez d'épaisseur, une certaine
quantité de fibrine d'un blanc grisâtre, molle, élas-
tique, etc. Le liquide où a macéré le corps taché de
sang offre, selon M. Orfila, les propriétés suivantes.
Il ne rétablit pas la couleur du papier de tournesol
rougi par un acide; le chlore employé en petite
quantité le verdit sans le précipiter. Sa couleur n'est
point altérée par l'ammoniaque, ni par le cyanure
jaune de potassium et de fer; l'acide nitrique le décolore en partie, et y détermine un précipité blanc-
grisâtre ; le même précipité s'opère au moyen de
l'acide sulfurique concentré, employé en grande
quantité. Traité par la chaleur et porté graduellement
jusqu'à l'ébullition, il se forme un coagulum gris-
verdâtre ; celui-ci peut être dissous rapidement par
la potasse, et alors la couleur acquiert une couleur
rouge-brune quand elle est vue par réfraction, et
verte quand elle est vue par réflexion. Si l'on fait
passer un courant de chlore gazeux dans le liquide,
de manière à ce qu'il y ait un excès de chlore, et
que l'on ajoute ensuite un peu d'acide hydro-chlori-
que, on y fait naître des flocons d'albumine coagulée

(Devergie). Tels sont les caractères principaux auxquels on peut reconnaître les taches de sang plus ou
moins anciennes. N'ayant pas fait nous-même des
expériences directes sur ces taches, nous n'avons
pas donné à cet article toute l'extension que son
importance aurait exigée, nous nous sommes borné
à rapporter sommairement les opinions des auteurs
qui s'en sont occupés spécialement.

ANATOMIE ET PHYSIOLOGIE.

Comparer la structure des vaisseaux lymphatiques
à celle des veines.

Deux tuniques contribuent à la structure des
veines et des vaisseaux lymphatiques ; toutes les deux
reçoivent également des artères et des nerfs. L'interne est formée par une membrane mince, lisse,
polie, extensible, jamais ossifiée, paraissant continue dans les deux systèmes veineux et absorbant,
se repliant sur elle-même pour former un grand
nombre de valvules semi-lunaires, absolument analogues aux valvules sygmoïdes. Des valvules quelquefois isolées sont le plus souvent disposées deux
à deux, rarement trois à trois. Si la tunique intérieure jouit de la même structure dans les veines et
les vaisseaux lymphatiques, il n'en est pas de
même de la tunique extérieure : celle-ci dans les

veines est constituée par un tissu propre, lâche, extensible, formé de fibres longitudinales plus ou moins apparentes , plus ou moins rapprochées. Lorsqu'on dissèque, au contraire, la tunique extérieure des vaisseaux lymphatiques, on voit, dit Bichat, un tissu transparent, filamenteux, et rien de plus, c'est-à-dire du tissu cellulaire. Aussi là où il y a le plus de tissu cellulaire, on rencontre le plus d'absorbants ; là où le tissu cellulaire est presque nul, comme au cerveau, on ne voit que difficilement le système absorbant. On peut donc, continue Bichat, considérer le système cellulaire comme l'origine principale des absorbants, de ceux surtout qui servent à charrier la lymphe. La tunique extérieure des vaisseaux lymphatiques est donc cellulaire : ajoutons, pour achever de différecnier le système veineux du système lymphatique, que la tunique externe des veines est entourée d'une gaine de tissu cellulaire, dont les lamelles sont fortement serrées les unes contre les autres.

Si l'on injecte les veines et les vaisseaux lymphatiques, il résulte du moins de dilatation dans les endroits où existent des valvules formées par la membrane interne commune, des nodosités qui sont plus marquées dans les vaisseaux lymphatiques et constituent ainsi un caractère distinctif des absorbants.

SCIENCES CHIRURGICALES.

De l'œdème des nouveau-nés.

On dit ordinairement qu'un enfant est dur ou
endurci, lorsque ses membres ou sa face gonflés,
et plus ou moins colorés, opposent au toucher une
résistance analogue à celle qu'on éprouve en pressant un corps dur et compacte ; ainsi, la seule sen-
sation du toucher fait naître d'abord l'expression
d'endurcissement du tissu cellulaire. D'après des
recherches cadavériques, on proposa plus tard les
dénominations d'œdème concret ou d'œdématie con-
crète, à la place d'induration. Enfin, dans ces der-
niers temps, quelques médecins ont fait observer,
avec justesse, que l'endurcissement du tissu cellulaire offrait deux variétés : 1º celui du tissu cellulaire
proprement dit ; 2º celui du tissu adipeux (Dugès,
Denis). La variété de ces dénominations est une
preuve évidente des progrès de la science sur cette
maladie.

Suivant Andry et Auvity, le tissu cellulaire offre,
quand on l'incise, une grande quantité de sérosité
qui remplit et distend ses mailles, et qui s'en écoule
par la pression. Mais le tissu cellulaire proprement
dit, indépendamment de la sérosité qui le distend,
est-il dur comme lorsqu'il est transformé en sclérose,

en squirrhe ou tissu lardacé ? Non, sans doute ; il
conserve toute son élasticité, sa souplesse, sa cel-
lulosité ; ses fibres n'ont subi aucune transformation
organique; elles ont encore leur disposition en réseau
et en lames entrecroisées. Mais, comme ces cellules
sont considérablement distendues par la sérosité,
comme l'ensemble de la toile celluleuse des membres et du tronc est rempli d'une grande quantité
de liquide, il en résulte que le tissu cellulaire est
dur au toucher; mais cette dureté n'existe que pour
nos sens, parce que le tissu n'a subi d'autre modi-
fication qu'une distension mécanique. Il se passe
alors le même phénomène que si l'on remplissait
une vessie d'eau, de mercure, d'air même. Lorsqu'elle sera fortement distendue par ces corps, elle
offrira au toucher une dureté que son tissu proprement dit ne partagera point ; car, si l'on ôte le tiers
ou la moitié des corps qui la distendent, elle devient
molle et flasque. Il en est de même du tissu cellulaire endurci des nouveau-nés ; il devient, en
apparence, de plus en plus dur, à mesure que l'accumulation de sérosité dans ses mailles est plus considérable. Ainsi donc, rigoureusement parlant, il
n'y a pas d'endurcissement du tissu cellulaire dans
la maladie qui nous occupe.

L'endurcissement du tissu adipeux se présente
avec ou sans infiltration générale du tissu cellulaire
sous-cutané ; les joues, les fesses, les mollets, le dos

sont le siége le plus ordinaire de cet endurcissement;
on l'observe avec ou sans trouble de la circulation
et de la respiration. Il survient ordinairement à l'ins-
tant de l'agonie des enfants; on l'a vu également
se développer, après la mort, sur le cadavre d'enfants rapidement moissonnés. Si l'on dissèque alors
le tissu adipeux on le trouve ferme, dur comme du
suif; il offre, en un mot, la consistance de la graisse
de ces animaux qu'on immole dans les boucheries.
Dans certaines circonstances, le tissu adipeux peut
très-bien se figer ainsi, même pendant la vie, si, par
une cause quelconque, la chaleur animale vient à
l'abandonner.

Les auteurs ne sont point d'accord sur les causes
capables de produire l'œdème des nouveau-nés.
Andry et Auvity regardaient comme une des principales causes de l'endurcissement des nouveau-nés,
l'action du froid sur leur corps; cet agent interrompt
la transpiration insensible, ralentit la circulation,
et condense les fluides muqueux et séreux dans les
tissus. Troccon s'est élevé contre cette opinion, et
fait remarquer que le froid active ordinairement,
au lieu de ralentir la circulation. Hulme a insisté
sur la co-existence d'un état de congestion ou d'in-
flammation des poumons avec l'endurcissement du
tissu cellulaire, et n'a pas oublié de signaler dans ce
cas la congestion passive du cœur et des gros vaisseaux. Baumes attribue cet endurcissement à la rigi-

dité des muscles, mais il paraît avoir pris un symptôme concomitant pour la fin de la maladie. Palleta
fait jouer au foie un certain rôle sur la production
de cette maladie. M. Breschet la regarde comme
le résultat d'une accumulation de sérosité séparée
du sang, et comme une maladie dépendante de la
persistance du trou de Botal. Th. Léger admet
comme cause de cette maladie le peu de développement du tube intestinal. Telles sont, en général,
les opinions les plus remarquables qu'on ait soute-
nues sur la nature et les causes de l'endurcissement
du tissu cellulaire. Le docteur Billard, après les
avoir soumises au creuset de l'observation, rap-
porte une infinité de faits, de l'étude desquels il
tire des conclusions qui servent à faire connaître à
quelles idées on doit enfin s'arrêter sur les causes,
la nature et le traitement de cette affection.

Mais ce qu'il y a d'important à noter, c'est que
presque tous les enfants endurcis ou œdémateux
offrent une congestion sanguine fort remarquable.
Le sang veineux surtout prédomine dans leurs
tissus, le cœur est presque toujours gorgé de sang,
les gros vaisseaux en sont remplis, et lorsqu'on dissèque de tels cadavres, le liquide ruisselle de toute
part sous le tranchant du scalpel. Cette congestion
générale paraît plutôt due à une sorte de pléthore
congénitale, qu'à un obstacle mécanique dans un
point des vaisseaux destinés au cours du sang. D'un

autre côté, la peau est remarquable par sa sécheresse extraordinaire, aucune humeur ne semble plus transpirer à sa surface, elle est aride et fortement tendue sur le tissu cellulaire engorgé dans ce cas, il y a un trouble évident dans la circulation capillaire ; le tissu cellulaire, qui, d'après les physiologistes, est le siége d'une sécrétion perspiratoire très-abondante, éprouve des entraves à l'exercice régulier de cette fonction. En effet, d'une part, les matériaux de la sécrétion lui arrivent en plus grande abondance, puisque le sang engorge alors tous les tissus; de l'autre, l'état de sécheresse de la peau, la suspension de la transpiration cutanée et peut-être celle de la transpiration pulmonaire, s'opposent au libre écoulement de cette humeur sécrétée, laquelle séjourne dans les cellules du tissu même qui l'a produite, et détermine l'œdème que l'on a voulu désigner sous le nom d'endurcissement du tissu cellulaire. Une circonstance qui vient à l'appui de cette opinion, c'est que les frictions irritantes sur la peau, telles que celles d'huile de camomille camphrée, de teinture de thériaque, etc., font assez rapidement disparaître cet œdème. D'après de nombreuses observations, l'auteur que nous venons de citer croit avoir démontré les vérités suivantes :

1. L'induration du tissu cellulaire des nouveau-nés n'est autre chose qu'un œdème simple, fort analogue à l'œdème des adultes. Il peut être général ou

local : il faut toujours le distinguer du tissu adipeux.

II. Cette maladie, plus commune en hiver qu'en
été, plus fréquente chez les nouveau-nés que chez
les enfants plus àgés, a pour causes prédisposantes :
1° la faiblesse naturelle de l'enfant ; 2° un état de
pléthore générale et congénitale ; 3° la surabon-
dance du sang veineux dans les tissus ; 4° l'état de
sécheresse de la peau avant l'exfoliation de l'épi-
derme ; et pour causes directes : 1° un obstacle au
cours du sang, résultant de l'abondance même de ce
liquide dans l'appareil circulatoire ; 2° son engorgement dans le tissu cellulaire, auquel il fournit
trop de matériaux de sécrétion ; 3° et enfin, l'action
sur la peau d'agents extérieurs, qui, sans condenser
les fluides séreux, comme on l'a dit, sont capables
de suspendre la transpiration cutanée, et de favoriser ainsi l'accumulation de la sérosité dans le tissu
cellulaire. L'engorgement sanguin du foie, des
poumons et du cœur, sa persistance ou l'occlusion
des ouvertures fœtales, ne doivent être considérés
que comme des phénomènes concomitants ; car la
maladie peut exister sans eux (dans l'induration
ou l'œdème local, par exemple).

III. Lorsque l'œdème est général, que la congestion séreuse est portée à un degré extrème, toutes
les parties où il existe du tissu cellulaire peuvent
éprouver un trouble dans les fonctions qu'elles ont
à remplir. C'est ainsi que la glotte, devenant œdé-

mateuse en même temps que le poumon , est le siége
d'une forte congestion ; le cri de l'enfant est ordinairement pénible , aigu et étouffé ; le ralentissement
de la circulation explique aisément le refroidisse-
ment des membres et l'affaissement dans lequel
tombe le malade.

iv. Les indications thérapeutiques qui découlent
des considérations précédentes , sont : 1° de combattre , par quelques évacuations sanguines , la pléthore générale ; 2° d'exciter la peau par des frictions
irritantes , par l'usage des langes de laine sur la
peau , et le concours de tous les moyens propres à
rétablir la transpiration cutanée.

SCIENCES MÉDICALES.

De l'action de l'eau introduite dans l'estomac , soit
avant soit après le repas.

Les anciens , en mettant ce corps au nombre des
éléments , eurent , sans doute , moins en vue sa
composition chimique que le rôle important qu'il
joue dans la nature : en effet , il n'en est pas un
seul qui soit aussi universellement répandu , et dont
l'influence soit aussi puissante. On le rencontre dans
les trois règnes ; c'est surtout dans le règne organique que son importance est grande. L'eau est un
élément nécessaire de tous les tissus ; c'est à sa

présence qu'ils doivent leurs propriétés physiques. Elle est encore la base de tous les fluides qui circulent dans les vaisseaux ; et, après avoir servi à transporter, dans les points les plus éloignés, les divers éléments nécessaires à l'entretien de la vie, elle fournit à la trame des organes ceux qui la constituent elle-même.

Nous ne croyons pas devoir entrer ici dans des détails sur les caractères chimiques de l'eau ; ses usages sont très-importants : c'est de tous les dissolvants le plus employé. Elle constitue la boisson habituelle de la majeure partie des animaux, et forme la base de celle des autres ; elle sert de véhicule à la plupart des médicaments, et offre au thérapeutiste le moyen le plus facile d'appliquer ou de soustraire la chaleur.

Il ne sera donc ici question que des usages particuliers de l'eau, et de ses effets sur l'organisme. Les effets des boissons aqueuses varient suivant la température, la quantité, la composition chimique du liquide ; suivant aussi la disposition actuelle de la personne qui en fait usage. Une grande quantité d'eau ingérée sans soif dans l'estomac, avant les repas, cause une vive anxiété. L'eau tempérée, prise en excès pendant les repas ou leur intervalle, jette les organes digestifs dans une atonie remarquable, particulièrement pendant l'été, lorsque le corps est déjà épuisé par d'abondantes sueurs ; les

9

fonctions gastriques et intestinales ne s'exercent plus
qu'incomplétement ; alors les aliments sont rejetés
par le vomissement, qui persiste après leur entière
expulsion, et des flux dysentériques se manifestent.
Quelquefois divers phénomènes, tels que des cram-
pes, viennent s'y joindre   on en voit des exemples
chaque année, parmi les gens de la campagne, à
l'époque des moissons ; quelquefois même la mort
peut s'ensuivre. Scaliger, *exercit.*, 33, ? 2, *affert
exemplum miseri, qui ab ardoribus solis incalescens
et sitibundus nonnullos aquæ cyathos in ipso incales-
centiæ actu potaverat ; paulò post tamen illam haustam
cecidit extinctus* (Baglivi). Il n'est pas rare non plus
de voir l'ascite ou d'autres hydropisies apparaître
subitement, surtout si l'on s'abandonne au sommeil
après avoir bu immodérément de l'eau, dans la
disposition corporelle dont nous avons parlé : Van-
Swieten en cite plusieurs exemples. Une sécrétion
urinaire ou cutanée copieuse peut seule conjurer ces
résultats fâcheux, et c'est dans ce but que l'on
conseille de mêler à l'eau du vinaigre ou de l'eau-
de-vie, le premier comme diurétique, et la seconde
pour produire la diaphorèse. Toutefois, on n'observe
souvent que de simples coliques avec diarrhée, dont
triomphent aussi, le plus souvent, les astringents et
les toniques légers associés aux narcotiques.

Prise modérément, pendant le repas, l'eau tempérée favorise la digestion en divisant les aliments,

et facilitant leur dissolution ; il y a mieux, elle est indispensable à la formation du chyle. MM. Leuret et Lassaigne ont reconnu qu'un mammifère, tué pendant le travail de la digestion, ne présentait de chyle que s'il avait bu en mangeant. Bientôt l'eau de la boisson passe dans le sang, dont elle ne tarde pas à se séparer par les reins ou la peau.

Froide et sous forme solide, elle est très-tonique ; c'est ce qui la fait rechercher par beaucoup de personnes dont la digestion, privée de ce secours, serait longue et pénible   l'excitation qui succède à son emploi peut devenir funeste quand l'estomac est vide, et plus encore si le corps est en sueur ; souvent une mort instantanée en est la conséquence, mais il faut au moins 30° cent. de température extérieure, pour que cet accident se produise. En résumé, de toutes les boissons délayantes, l'eau est, sans contredit, la plus simple, la plus commune, et en même temps la plus efficace ; elle forme la base des tisanes, et c'est souvent d'elle que ces médicaments empruntent leurs principales propriétés. Le premier remède que l'instinct et la nature offrirent à l'homme blessé, fut l'eau : dans l'enfance du monde, il ne dut pas en avoir d'autre.

FIN.